44.

OBSERVATIONS.

IMPRIMÉ CHEZ PAUL RENOUARD, RUE GARANCIÈRE, N. 5.

OBSERVATIONS

SUR LES

REMARQUES FAITES PAR M. SPACCAPIETRA,

A LA SUITE DE SA TRADUCTION ITALIENNE D'UN

MÉMOIRE SUR LE SERMENT JUDICIAIRE,

Lues à l'Académie des sciences morales et politiques,
le 15 février 1840,

PAR M. BERRIAT SAINT-PRIX.

PARIS,

CHEZ P. J. LANGLOIS, LIBRAIRE,

RUE DES GRÉS-SORBONNE, 10.

1840.

OBSERVATIONS

SUR LES

RÉMARQUES FAITES PAR M. SPACCAPIETRA,

A LA SUITE DE SA TRADUCTION ITALIENNE

D'UN MÉMOIRE SUR LE SERMENT JUDICIAIRE,

Lues à l'Académie des sciences morales et politiques, le 15 février 1840,

PAR M. BERRIAT SAINT-PRIX. (1)

Messieurs ,

J'eus l'honneur de vous lire , le 14 juillet 1838, un mémoire sur le serment judiciaire. L'automne suivant, ce mémoire, sans doute grâce au Recueil savant et utile (la *Revue de législation et de jurisprudence*) où il avait d'abord été inséré (2), est parvenu jusque dans les Abruzzes, pays à peine connu parmi nous, s'il ne nous rappelait pas un mot fameux d'un de nos plus grands orateurs modernes, le général Foy (*Les Autrichiens sont entrés dans les Abruzzes!... ils n'en sortiront pas....* Mais

(1) Les notes de ces Observations n'ont pas été lues. Voir, au surplus, à la fin, la note *A*.

(2) Voir à la fin, la note *B*.

ils y restèrent autrement que le général (1) ne l'avait pensé).

Le président du tribunal d'Aquila, capitale de l'Abruzze ultérieure, M. Nicolas Spaccapietra, a fait à notre travail plus d'honneur qu'il ne méritait : il l'a traduit dans son mélodieux langage (2). Nous disons plus d'honneur, parce que de simples dissertations obtiennent bien rarement l'avantage d'être transportées dans une langue étrangère.

M. Spaccapietra est allé plus loin; il a dédié sa traduction à l'auteur traduit, et dans des termes que l'imagination vive de son pays n'expliquerait pas même (3), si l'on ne pensait qu'il a voulu par là nous faire fermer les yeux sur plusieurs critiques... Mais il pouvait s'en épargner la peine, parce qu'elles sont exprimées avec toute l'urbanité française, tandis qu'il l'a peut-être perdue de vue lorsqu'il a dirigé sa censure contre un de vos associés

(1) Ils y périront, disait-il plus loin (voir les journaux du 22 mars 1821).

(2) Pour le titre de la traduction, voir note *B*, n. 4, p. 26.

(3) Cette dédicace, imprimée en gros caractères, forme plusieurs lignes inégales, disposées comme s'il s'agissait d'un monument votif. En voici les termes :

A Berriat-Saint-Prix giureconsulto, che ha ottimamente meritato della scienza del dritto, di tutte arti, e scienze singolare estimatore, Nicola Spaccapietra questa traduzione sul giuramento, in pubblico testimonio di rispetto intitola, e consacra.

(7)

les plus éminens, l'ancien chancelier d'Angleterre, lord Brougham, et que d'ailleurs, il critique sans réserve le lord, tandis qu'il approuve, au contraire, la plupart de nos opinions.

Ces critiques et ces approbations sont insérées dans des notes fort étendues (1) dont M. Spacca-pietra a fait suivre sa traduction. Nous avons cru qu'il vous serait peut-être agréable de voir ce qu'on a pensé d'un ouvrage composé pour vous, et dont plusieurs des propositions offrent un objet d'utilité publique et méritent ainsi d'être soumises à une dis-cussion contradictoire.

Voici ces propositions. Elles sont indiquées dans le Résumé (2) du mémoire.

1. Les législateurs modernes ont trop prodigué la solennité du serment.

2. Par là même, ils en ont diminué l'efficacité dans les circonstances où il pouvait être utile.

3. Il faudrait le supprimer dans plusieurs cas (ceux où l'on admet le serment d'office, le serment en plaid, le serment des jurés), sauf à lui substituer une simple affirmation ou promesse. (3)

(1) Elles sont au nombre de treize. (Voir les pages 51 à 74 de la traduction.

(2) Mémoire, p. 37, et Revue de législation, t. viii, p. 273.

(3) Nous revenons sur cette affirmation ou promesse, ci-après pag. 9 et 10 du texte, et note 1 de page 9.

4. Dans les cas où il serait maintenu, par exemple, lorsqu'il s'agit de dépositions de témoins, il ne faudrait, ni en regarder les termes comme constituant une espèce de sacrement, ni supposer que le juge eût négligé de les faire exprimer avec régularité, à moins que la partie intéressée n'offrît la preuve de cette négligence.

M. Spaccapietra ne s'explique point d'une manière formelle sur les deux premières propositions. Au contraire, à l'égard des deux autres, il entre dans de grands détails.

Et d'abord, quant à la troisième, il appuie de toutes ses forces la suppression du serment déféré d'office. Nous avions fondé cette proposition entre autres motifs, sur l'assertion remarquable de Pothier, que pendant quarante années, il n'avait pas vu plus de deux fois les plaideurs répugner à le prêter (1). M. Spaccapietra déclare cette assertion applicable à son pays; on y voit, dit-il, les mêmes résultats qu'en France : *appo noi si ottienne il resultamente medesimo che in Francia*, et son témoignage doit être pris en grande considération, car il émane d'un homme attaché depuis long-temps (18 années) à la magistrature. (2)

______

(1) Mémoire, p. 27, et Revue de législation, t. VIII, p. 263.

(2) Traduction italienne, p. 56 et 58.

Il ajoute toutefois un motif inapplicable dans notre opinion, si ce n'est à l'Italie (nous connaissons trop peu ce pays pour émettre un avis sur ce qui le concerne), du moins à la France... Observant que l'intérêt est l'autel sur lequel la plupart des hommes sacrifient, il ajoute (p. 58) qu'on doit d'autant moins le favoriser aujourd'hui par la *délation* du serment d'office, que notre siècle qualifié de siècle de progrès, est au contraire, selon un de ses compatriotes, un siècle rétrograde, quant à la morale... *Bella-mente... e reputato in quanto alla morale, retrogrado.*

Par les mêmes raisons, il demande aussi la suppression du serment déféré, du moins par la loi napolitaine, car notre code civil se contente d'une simple affirmation (1), du serment déféré au maître en cas de difficulté avec le domestique sur la quotité et le paiement des gages.

Il ne parle point du serment des jurés, auquel nous proposions de substituer, comme cela s'est fait pendant onze années sous le code de brumaire, une

____

(1) Tel est du moins le sentiment de plusieurs magistrats et professeurs, appuyé sur une interprétation de l'art. 523 du Code de procédure, et sur l'usage constant où l'on est, de ne faire prêter serment ni aux avoués, ni aux créanciers, dans les cas (distraction des dépens et déclarations de créances) où la loi les soumet à une simple *affirmation...* Au reste, si le temps le permet, nous reviendrons sur cette question.

simple promesse; la raison en est claire, l'entremise des jurés ne paraît pas admise à Naples.

Nous passerons, faute d'études théologiques suffisantes, sur ce qu'il dit ensuite relativement :

En premier lieu, aux théologiens qui, suivant le premier président de Lamoignon, à l'assertion duquel nous nous en étions rapporté (1), permettent à l'accusé de se parjurer dans le cas où un aveu l'exposerait à une peine capitale... Ils sont en bien petit nombre, observe M. Spaccapietra (p. 51), et leur opinion a été condamnée par le Saint-Siège.

En second lieu, au système des quakers sur la défense du serment, faite dans l'Ecriture sainte... Il est tout-à-fait erroné, dit-il (p. 53), et il rapporte, à ce sujet, divers passages, ou de l'Evangile, ou de saint Augustin; bien que, observe-t-il à l'occasion de l'austérité des mœurs des quakers, citée dans notre mémoire (p. 19), bien qu'il ne veuille ni insulter à des hommes tombés dans l'erreur, ni révoquer en doute leur orgueilleuse vertu, *la loro superba virtù.*

Passons aussi sur la dispense du serment, prononcée en termes formels par la loi napolitaine, à l'égard des mineurs; il est inutile de s'y arrêter, parce que la jurisprudence française (2), après les y

____

(1) Mémoire, p. 7, et Revue, t. VIII, p. 243.
(2) Mémoire, p. 17, note 4, n. 1.

avoir assujétis, a fini par les en affranchir. Il est seulement juste d'observer que la loi napolitaine était plus parfaite sur ce point que la nôtre, puisqu'elle n'a pas donné lieu comme celle-ci, à de l'incertitude.

Venons aux remarques de M. Spaccapietra, relatives à notre quatrième proposition, c'est-à-dire à la forme matérielle du serment et à la rigueur avec laquelle on exige en France la transcription de sa formule dans les procès-verbaux des assises.

Nous nous trompons, selon lui (1), lorsque nous disons (2) qu'en France les catholiques ont adopté l'élévation de la main vers le ciel, à l'imitation des protestans, car ce mode remonte à des temps fort anciens, et il était naturel que les protestans le préférassent, parce qu'il ne contredisait point leur fausse opinion sur le culte des reliques, *alla loro falsa opinione sul culto delle reliquie.*

Mais cela ne contredit point non plus notre assertion. Le serment se prêtait en France, au xvie siècle, en général, par l'apposition de la main, soit sur le *pict* ou la poitrine, s'il était exigé d'un prêtre, soit sur l'évangile, si c'était d'un laïque; les huguenots employèrent les premiers, l'élévation de la main vers le ciel : c'est donc par suite de cette

(1) Page 55 de la traduction.
(2) Mémoire, p. 24, et Revue, t. viii, p. 260.

méthode que les laïques abandonnèrent presque tous l'apposition de la main sur l'Evangile, car les prêtres ont continué, même à Naples, à la faire sur leur poitrine, et d'après une décision du pape Grégoire IX, citée par M. Spaccapietra (p. 57), s'il leur est permis de jurer, ce qui long-temps leur avait été défendu, ce ne peut être en touchant l'Évangile.

D'ailleurs, il n'approuve en aucune manière le même mode (l'élévation de la main vers le ciel). Ce mode, observe-t-il (p. 55), ne donne aucune idée de l'étendue et du sens de la solennité du serment; il n'apprend point à celui qui l'emploie, qu'il prend Dieu à témoin de sa sincérité. Il entraîne même dans diverses erreurs superstitieuses, dont M. Spaccapietra a été le témoin, par exemple : suivant plusieurs napolitains peu éclairés, on ne commet point un parjure, si, en déclarant une chose fausse, on n'élève pas la main plus haut que la tête, *si alza la mano senza sorpossare la testa...* ou bien, si on lève le pied en même temps qu'on lève la main, *alzandosi il piede con la mano.*

Il préférerait l'apposition de la main sur l'Evangile, et il peut avoir raison pour un pays exclusivement catholique, comme le sien (il le dit ailleurs, p. 56), mais non point pour un état comme la France, où se trouvent des sectes antichrétiennes, par exemple, les israélites.

Dans tous les cas, il voudrait que le magistrat

informât l'individu, auquel il demande le serment, de toute l'importance de cet acte, et l'on ne saurait disconvenir qu'à l'égard de bien des témoins, cet avis ne pût exercer beaucoup d'influence.

La formule compliquée du serment des témoins aux assises (*parler sans haine et sans crainte, dire toute la vérité, rien que la vérité*), contre laquelle nous nous étions récriés, excite aussi sa désapprobation, quoique le code napolitain, en cela, selon nous, supérieur au nôtre, ait supprimé les deux premières parties de la formule (*parler sans haine et sans crainte*).

Avant d'exposer ses motifs principaux, nous croyons devoir citer la manière singulière dont il traduit une de nos phrases, et ce n'est point, et bien loin de là, pour lui en faire des reproches ; on en concevra facilement la raison.

A l'appui de notre vœu de voir supprimer dans la formule, les mots *parler sans crainte*, nous citions la déclaration naïve « *de ne pouvoir pas jurer de parler sans crainte*, émanée d'un des témoins, disions-nous, « du procès fait à un des personnages « accusés d'avoir pris part, en 1832, à l'expédi- « tion de la duchesse de Berri. » M. Spaccapietra (p. 43) rend cette dernière phrase comme si elle était ainsi conçue : « Du procès dirigé contre un « personnage accusé d'avoir pris part, en 1832, à « un fait mémorable... *contra un personagio ac-*

« *cusato di aver preso parte nel* 1832, *ad un fatto*
« *memorabile.* » Comme si un fait mémorable était
nécessairement criminel ! comme si, par exemple,
on pouvait être traduit devant une cour d'assises,
pour avoir pris part à une victoire !

Aussi, d'après une semblable traduction, avons-
nous été peu surpris que M. Spaccapietra (p. 42 et
43.) ait remplacé deux fois par la syllabe *il* et la
capitale P suivie d'étoiles, les mots *le père Basile,
capucin,* employés dans notre dissertation au sujet
d'une anecdote qui nous servait de preuve. Au contraire, nous l'avons été beaucoup de la scrupuleuse
exactitude avec laquelle il a traduit (p. 17) une
note où nous indiquons plusieurs des sermens politiques exigés en France, depuis 1789, tels que les
sermens de fidélité, d'abord à la nation et ensuite à
la république, et même le serment de haine à la
royauté... *Odio alla monarchia.*

La formule du serment napolitain étant réduite
aux expressions : *toute la vérité, rien que la vérité,*
on peut être également surpris de la réprobation
dont la frappe M. Spaccapietra (p. 64 et suiv.).
Voici en substance ses motifs : ou bien, celui qui
jure comprend la sainteté de l'acte du serment et
l'extension qu'on lui doit donner, et alors il comprend aussi qu'il suffit de jurer de *dire la vérité*
pour qu'on soit obligé de *dire toute la vérité* et
rien que la vérité ; car la vérité ne peut être qu'en-

tière... On ne saurait comprendre une vérité mutilée... On ne peut être véridique dans une partie d'un fait et mensonger dans l'autre; ni dire la vérité dans une chose sans la dire dans son intégrité, etc.

Ou bien, le témoin est un ignorant, comme la plupart des témoins dans les procès criminels, et alors, il est hors d'état d'accorder aux paroles sacramentelles précédentes, toute la portée que leur a attribuée le législateur.

Sans dissimiler la force de ces raisons, nous n'abandonnerions pas la formule ci-dessus pour la classe pauvre, qui, nous croyons l'avoir établi dans notre mémoire (p. 31 et suiv.), pense que le serment ajoute à l'étendue des obligations. Sans doute, il y a dans cette classe des individus d'une telle ignorance qu'ils peuvent ne pas apprécier la différence qu'il y a entre les divers termes de la formule, mais il en est aussi qui pourraient bien, si elle se réduisait à jurer de *dire la vérité*, faire ce raisonnement : je n'ai pas dit, sans doute, tout ce que je savais, mais tout ce que j'ai dit étant vrai, j'ai tenu mon serment de dire la vérité, et l'on ne m'a pas fait jurer de dire toute la vérité.

Nous avions émis le vœu (1) qu'on ne regardât point les termes de la formule du serment des té-

____

(1) Mémoire, p. 35, et Revue, t. VIII, p. 271.

moins comme tellement sacramentels que le moindre changement entraînât une nullité; et la nécessité
de les constater dans le procès-verbal des assises,
comme tellement rigoureuse, que son silence dût
faire réputer la formalité omise, lors même qu'il
n'y aurait pas eu de réclamation...

M. Spaccapietra, tout en approuvant, à cet égard,
la jurisprudence, soit de notre cour de cassation,
soit des tribunaux napolitains, comme strictement
conforme à la loi, émet (1) un semblable vœu,
quoique les inconvéniens du système actuel aient
déjà été tempérés dans son pays, en 1821 et 1823,
par des rescrits du roi des Deux-Siciles, relativement au serment de certaines classes de témoins que
M. Spaccapietra nomme les témoins généraux, et
dont ces rescrits ont déclaré la déposition valable,
bien que leur serment ne comprît pas tous les termes
de la formule (autre amélioration introduite dans
les lois napolitaines).

Il reproduit à l'appui de son vœu, une partie de
nos motifs, par exemple, en cas d'annulation des
jugemens criminels par suite des nullités relatives
au serment, la surcharge pour le trésor public, des
frais de la nouvelle procédure, et surtout le danger
de voir disparaître ou dépérir les preuves dans l'in-

____

(1) Traduction, n. xiij, p. 64 et suiv.

tervalle qui sépare le premier procès, du second...
Il ajoute ceux-ci, qui ont dû le frapper plus que
nous, parce que, selon toute apparence, les procès
criminels sont beaucoup plus longs dans les Deux-
Siciles qu'en France.

L'opinion publique, observe-t-il (p. 70), peut
changer dans cet intervalle. Elle est ébranlée par la
position de l'accusé. La prolongation de sa déten-
tion inspire de la commisération en sa faveur, et
même fait regarder de mauvais œil la partie lésée
par le délit ; car on est porté, lorsqu'elle persiste
dans la poursuite, à la considérer comme plutôt
animée par un esprit de haine ou de vengeance, que
par le besoin d'obtenir la réparation du préjudice
par elle éprouvé.

Pendant le même intervalle, observe-t-il aussi, la
mémoire des témoins s'affaiblit ; ils sont plus acces-
sibles aux cabales et aux intrigues employées pour
faire changer leurs dépositions primitives.

D'ailleurs, un des buts principaux de la con-
damnation du coupable, l'exemple que doit fournir
sa punition pour détourner d'autres individus de
commettre le même crime, est tout-à-fait manqué,
l'exemple ne pouvant guère produire de l'impression que lorsqu'il est rapproché du temps du crime.

Enfin, les inconvéniens naissant de l'annulation
trop facile des procédures criminelles sont, dit-il
(p. 70), prouvés dans son pays par l'expérience.

Elle montre, en effet, que le condamné par la première grande cour criminelle, obtient de la seconde, sinon l'absolution, du moins la liberté provisoire... *L'esperienza ci ammaestra che il condamnato dalla prima gran corte, ottiene, se non l'assoluta, la libertà provisoria dall'altra.*

Voilà un inconvénient bien grave; il ne l'est pas autant sans doute en France, et les contradictions entre les arrêts rendus après une cassation pour irrégularités des procédures, et les arrêts primitifs rendus sur ces procédures, ne sont pas fréquentes; mais en quelque petit nombre qu'elles soient, il n'est pas moins à désirer qu'on s'efforce de les prévenir *(voir à la fin, la note C, p. 38)*.

La législation napolitaine, surtout complétée par une mesure que propose M. Spaccapietra, peut nous en fournir les moyens, et nous aider ainsi à faire disparaître la plupart des annulations prononcées à cause des irrégularités ou omissions des procès-verbaux de nos assises. A Naples, ces procès-verbaux ne sont pas seulement, comme en France, signés par le président et par le greffier; ils le sont encore par tous les juges et par la partie publique; et, si l'on exigeait aussi, comme le desire M. Spaccapietra, la signature du défenseur de l'accusé, les deux parties perdraient le droit d'attaquer pour irrégularité, toutes les formes mentionnées, ou devant être mentionnées dans le procès-verbal, qui n'auraient pas été désignées spécialement et avec des protestations, lors de l'apposition des signatures.

Avant de terminer ces remarques, nous devons citer une observation sur laquelle M. Spaccapietra (p. 72) a insisté, et avec raison, puisqu'elle fait l'éloge de la législation de son pays. Indépendamment des trois ou quatre points déjà cités, et où elle est supérieure à la législation française, il en est plusieurs autres qu'il ne spécifie pas, et que, faute de temps, nous ne pouvons chercher dans une comparaison de cette législation avec la nôtre, mais que nous pouvons néanmoins admettre, parce qu'il s'est référé, à cet égard, à l'assertion d'un magistrat très compétent en semblable matière, à votre honorable président (1), dont le nom seul, pour employer les termes du juge italien, fait un éloge dans les annales de la jurisprudence; *signor Dupin, il solo nome di cui forma un elogio negli annali della giurisprudenza.*

M. Dupin, en effet, dans un passage de sa bibliothèque choisie des livres de droit, publiée en 1832, passage traduit littéralement par M. Spaccapietra (p. 72), observe que les améliorations, réclamées alors pour notre code, avaient déjà été faites en 1819, dans le code napolitain, et sur des bases plus étendues et plus solides.

(1) Voir à la fin, la note *A*, page 23.

Nous dirons, en finissant, un mot de la critique relative à lord Brougham.

Au moment où la dernière page de notre mémoire sur le serment allait être mise sous presse, nous lûmes dans une gazette un extrait de son ouvrage, relatif au procès de la reine Caroline, dont on se rappelle qu'il était défenseur... Les dépositions les plus défavorables à la reine venaient de témoins italiens. Pour les affaiblir sans doute, dans un pays comme l'Angleterre, où l'on attache une extrême importance au serment, il fait cette réflexion que nous reproduisîmes en note (1), parce qu'elle avait rapport à l'objet de notre travail...
« Dans ce pays, dit-il, en parlant de l'Italie, dans
« ce pays si fertile en intrigans et en femmes per-
« dues, les faux sermens poussent tout seuls et sans
« culture, sur un sol d'ignorance et de supersti-
« tion. »

M. Spaccapietra est indigné de cette réflexion ; il omet de la traduire, moins, dit-il (p. 73), pour l'honneur de l'Italie que pour celui de lord Brougham, *meno per l'onore dell' Italia nostra che per quello dello scrittore inglese.* Bien qu'en la reproduisant, nous eussions ajouté ces mots : *si l'on s'en rapporte à lord Brougham,* il semble penser que nous nous l'étions appropriée, et, en conséquence,

(1) Mémoire, p. 38, note 3.

après s'être récrié sur l'imputation faite à l'Italie, d'être un sol d'ignorance et de superstition, il y répond par une remarque attribuée au savant Millin (1), en observant que nous ne devrons pas repousser l'opinion d'un Français, tout comme il oppose à lord Brougham, et avec une sorte de dédain, celle d'un voyageur anglais moderne.

D'après Millin, l'Italie a su allier le culte de la religion à celui des sciences et des arts, et le premier a même favorisé le second; d'après le voyageur anglais, les catholiques des pays méridionaux, occupés de leurs exercices pieux, fuient les sociétés dont l'objet essentiel est le plaisir, les sociétés que paraît affectionner lord Brougham (*la società di remmo di lord Brougham*), et lorsqu'ils font retentir les voûtes des temples de leurs chants religieux, les voyageurs critiques sont ordinairement livrés aux délices de la table ou des spectacles, *sono ordinariamente a menza, o al teatro.*

N'ayant point l'ouvrage de lord Brougham, nous ne pouvons répondre positivement aux reproches de M. Spaccapietra; toutefois, d'après les fragmens rapportés dans la gazette où nous avions puisé la réflexion précédente, nous croyons qu'il prend trop facilement l'alarme, et que cette réflexion concerne uniquement la classe pauvre en Italie.

(1) Voir à la fin, la note *D*, p. 39.

L'ancien chef du barreau, de l'opposition et successivement de la magistrature et de la chambre
haute, de la Grande-Bretagne, agrégé d'ailleurs aux
premières sociétés scientifiques de l'Europe, n'a
certainement pas pu, sans restriction, qualifier de
sol d'ignorance, le pays où ont fleuri tant de savans
illustres dans tous les genres, et pour ne parler que
d'un temps voisin des faits à l'occasion desquels il a
composé son mémoire, le pays qui s'honore à si
juste titre, des Alfieri, des Fontana, des Galvani,
des Spallanzani, des Volta... le pays enfin, si nous
pensons à la carrière que vous parcourez, messieurs,
avec tant de succès, le pays où les Beccaria, les
Filangieri, les Verri ont répandu dans la même
carrière, les lumières éclatantes et durables de leur
génie et de leur érudition !

NOTES FINALES.

(A). *Note renvoyée de page 5, note 1.*

Ces observations ont été terminées le 13 décembre 1839 (la traduction de M. Spaccapietra était parvenue à l'auteur le 29 novembre). L'auteur écrivit à M. le président de l'Académie (M. Dupin aîné) pour le prier de lui faire accorder, à la séance du lendemain, la permission de les communiquer à cette compagnie, qui déjà avait bien voulu l'entendre plusieurs fois (Mémoires sur le remboursement des rentes, sur la vente du mobilier des mineurs, sur le serment judiciaire).

Ne recevant point de réponse après deux séances (celles des 14 et 21 décembre), il présuma que sa lettre s'était égarée (peut-être parce qu'il l'avait affranchie), et il en écrivit une seconde où il renouvelait sa prière. Un ami respectable, l'homme à qui l'instruction publique, les lettres, les établissemens scientifiques et littéraires en France, et l'institut en particulier, ont le plus d'obligations, M. Lakanal (a), le détourna d'envoyer cette lettre, surtout à cause

(a) C'est le témoignage qui lui a été rendu par M. Chevreul, président de l'Institut, dans son discours d'ouverture de la séance publique annuelle des cinq académies, tenue le jeudi 2 mai 1839, où on lit (p. 5) : « Payons donc à M. Lakanal un tribut de reconnaissance, et « remercions la cinquième académie qui a acquitté la dette de toutes, en « le rappelant (1834) dans son sein» (*Séance publique*, etc., in-4, Paris, Firmin Didot, 1839).

de l'approche de l'élection à la place vacante pour laquelle l'auteur s'était mis au nombre des (*b*) candidats (on annonçait le retour d'un des membres de la section de législation, retour lors duquel elle devait s'occuper de présenter des candidats).

Comme, d'après quelques motifs particuliers, fort peu intéressans pour le public, B. S. n'a pas changé un seul mot à ces *Observations*, lorsqu'il les a lues à l'Académie, au bout de deux mois, il était nécessaire de donner l'explication précédente pour l'intelligence de quelques-uns de leurs passages.

(B). Note renvoyée de page 5, note 2.

1. On pourra être surpris de ce que nos Observations ne sont point imprimées dans le recueil (la Revue de législstion et de jurisprudence), où le Mémoire auquel elles servent de supplément, avait été inséré (tome 8, p. 241 et suiv.); d'autant plus que détachées du Mémoire par une publication séparée, elles perdent beaucoup de l'intérêt dont elles seraient susceptibles si l'on pouvait les comparer avec ce Mémoire. Quelques explications, à cet égard, deviennent encore nécessaires.

2. Le 24 mai 1839, B. S. P. s'était inscrit comme candidat pour la place laissée vacante à l'Académie des Sciences morales et politiques, par le décès de M. le duc de Bassano, et huit jours après, deux honorables magistrats qui, comme

---

(*b*) M. Lakanal a justifié, lors de cette élection, le proverbe que voulait établir le célèbre Ginguené : *Servir ses amis comme Lakanal* (voir sa lettre dans l'Exposé sommaire des travaux de Joseph Lakanal, in-8, Paris, 1838, Firmin Didot, p. 219), et cela sans *manière sourde et couverte* (voir ci-après, note *B*, n. 6, p. 28).

lui; avaient déjà été au nombre des candidats pour la place de M. Merlin, s'inscrivirent aussi.

Dans le cahier du 30 juin 1839, de la Revue de législation (tome 10, p. 184), le rédacteur en chef et directeur indiqua les noms des trois candidats (leur nombre s'est accru dans la suite). Il fit de grands éloges des deux derniers, et présagea leur futur triomphe. La renommée de l'un, disait-il, est européenne, et enfin sa nomination paraît *assurée*... L'autre ira bientôt le rejoindre dans le sein de l'Académie... « à la « première vacance, ses chances de succès sont grandes... » A l'égard de B. S., auquel on pourrait croire qu'au moins par commisération, le directeur aurait fait espérer quelque chance, à une vacance ultérieure (c), le directeur s'en tint strictement à l'indication déjà faite de son nom.

3. Plusieurs personnes attribuèrent cette *prétérition* à de la malveillance. B. S. ne fut pas et n'est pas même encore aujourd'hui de ce sentiment. D'une part, n'ayant de la malveillance pour personne, il ne pouvait se persuader qu'on en éprouvât pour lui, surtout sans qu'il y eût donné occasion; de l'autre, il se souvenait que le directeur de la Revue, loin de mépriser ses ouvrages, les avait, au contraire, recherchés. Par exemple, en premier lieu, à la suite de la lecture faite à l'Académie le 17 juin 1837, d'un Mémoire

(c) Une considération, nous devons l'avouer, a pu détourner le directeur d'offrir une semblable expectative, savoir la crainte que cela ne parût une vraie dérision, vu l'âge où est parvenu B. S. (70 ans), surtout après avoir désigné, pour la place alors vacante et pour la première qui viendrait à vaquer, des candidats dont l'un est plus jeune que lui, de vingt-cinq ans, et l'autre, de dix-huit (cette triste supériorité d'âge a fourni à B. S. l'argument unique dont il se soit cru permis d'user, lorsque, dans ses visites aux membres de l'Académie, il a été question de ses concurrens).

sur la vente du mobilier des mineurs, le directeur lui avait demandé avec instance, de l'insérer dans son recueil, et si B. S. n'avait pas adhéré à cette demande, c'est que pensant aux usages de diverses sociétés savantes, il craignait de ne pouvoir disposer de son travail sans le consentement de l'Académie... En deuxième lieu, la même demande avait été réitérée par le directeur, lors de la lecture du Mémoire sur le serment judiciaire, et accueillie par l'auteur, alors mieux instruit des usages de l'Académie.

Il pensa donc que la réticence critiquée venait uniquement d'une conviction profonde de l'immense supériorité de ses deux concurrens, et assurément, il ne peut, ni être surpris, ni se plaindre d'une conviction semblable.

4. Dans cette idée, et n'ayant pas le loisir de se rendre chez le directeur, dont la demeure est assez éloignée de la sienne, B. S. s'adressa à un libraire de son propre quartier, M. Joubert (rue des Grès), qui, a des relations habituelles avec le directeur et plusieurs de ses amis (d), et il lui remit, le 4 décembre 1839, une note ainsi conçue :

« Nous avons inséré (tome 8, pag. 241 et suiv.) un mémoire de M. B. S. sur le serment judiciaire. Ce mémoire vient d'être traduit en italien, sous ce titre : *Riflessioni e ri-*

(d) Le samedi 25 janvier, au matin, il y eut, dans la librairie Joubert, des paris pour l'élection de l'un des concurrens de B. S., et ils étaient fait avec tant d'assurance, qu'on n'osa pas les tenir. En effet, les parieurs montraient des articles où, en laissant deux ou trois petits espaces pour les chiffres des votes futurs, on célébrait avec quelques variantes de style, cette élection, et qui étaient destinés à trois journaux quotidiens. On les avait préparés d'avance pour en obtenir avec plus de facilité l'insertion dans les numéros du lendemain, parce que les rédacteurs en chef aiment en général être libres de bonne heure, le samedi soir.

cerche sul Giuramento giudiziario, letto nell' accademia delle scienze morali e politiche di Francia, nel dì 14 *luglio* 1838, *dal sig.* Berriat-Saint-Prix, *tradotte in italiano da* Nicola Spaccapietra, *presidente del tribunale civile del* 2° *Abruzzo ultra* (à Aquila), *con note del traduttore; in* 8, *Napoli, presso Ferdinando Raimondi,* 1839. »

Si B. S. avait ajouté, comme cela eût pu sembler assez naturel, que le traducteur lui avait dédié sa traduction en termes très flatteurs (v. p. 6); que ce traducteur était un magistrat expérimenté (il a dix-huit ans de service); que ce n'était pas la première fois qu'on avait traduit les opuscules de B. S.; que son Cours de procédure l'avait été trois fois en italien (1823, 1826, 1827... à Naples et à Palerme), sans parler d'autres versions commencées, soit en italien, soit en grec moderne, soit en allemand; que son Cours de droit criminel l'avait été aussi deux fois en italien (1824... à Palerme et à Naples); qu'on en imprimait une traduction allemande à Munich, et qu'on en faisait une en anglais; que son Histoire du droit avait été également traduite en italien (1823... à Naples), et celle de Cujas, en allemand (1822... à Leipsick), sans parler d'une, deux, trois... contrefaçons des mêmes ouvrages en Belgique..., on aurait pu penser que B. S. voulait s'attribuer une renommée européenne; en un mot, s'élever au-dessus de ses concurrens (il ne paraît pas que leurs ouvrages aient été traduits), dont le directeur avait tacitement proclamé la grande supériorité, et c'eût été un motif au moins spécieux, de mettre la note au rebut.

Mais il n'y avait rien de semblable : aussi M. Joubert promit-il de transmettre la note avec promptitude au directeur, surtout après l'observation suivante d'une personne présente à la demande de B. S. : la note annonce un fait très intéressant pour la Revue, puisque de deux cents mémoires au moins, dont la Revue est déjà composée, celui de B. S. paraît être le premier qu'on ait transporté dans une langue étrangère.

5. Le 28 décembre, M. Joubert, que B. S. eut occasion de revoir, lui assura que la note avait été remise et qu'elle paraîtrait dans le prochain cahier.

M. Joubert se trompait: le même cahier daté du 1er janvier 1840 et distribué le 2, au moment où la section de législation devenue complète par le retour d'un de ses membres, allait s'occuper de la présentation des candidats, contient à la fin (tome XI, pag. 78 et 79) et en caractères beaucoup plus gros et plus espacés que ceux des articles précédens et des articles suivans, un éloge de trois des candidats (deux nouveaux candidats s'étaient inscrits le 24 août et le 23 novembre), et surtout de celui à qui le cahier du 30 juin avait *assuré* la place, et dont le cahier de janvier dit que l'élection est *bien probable*... Pour la note de la traduction italienne du mémoire de B. S., il n'en est point question; on se borne, comme dans le cahier du 30 juin, à indiquer le nom de ce candidat.

La même annonce d'élection *probable*, peut-être même certaine, fut faite dans des journaux quotidiens.

6. Dans un article du cahier suivant de la Revue, publié le 1er février 1840, sept jours après l'élection de B. S., et où on la critique, on dit (p. 152) que le *résultat* en a été préparé d'*une manière sourde et couverte*... Nous n'inviterons pas le lecteur à rapprocher du récit précédent, cette imputation (e); nous sommes persuadés toujours qu'il y a de la

---

(e) *Une manière sourde et couverte*, etc. En l'examinant à plusieurs reprises et en la comparant avec le passage dont elle fait partie, nous sommes parvenus à saisir le sens de cette expression. Nous le croyons du moins, car nous n'oserions l'affirmer, bien que depuis plus d'un

bonne foi dans le cœur de tous les hommes... Nous n'avons pas d'ailleurs à justifier l'élection; nous croyons seulement, par des raisons que nous exposerons tout-à-l'heure, devoir dire un mot de la *manière* dont on a procédé.

7. Au mois de juin 1837, B. S. publia une notice chronologique et détaillée de ses ouvrages, de leurs diverses éditions, traductions, contrefaçons, etc. , connues à cette époque. Elle fut envoyée à tous les membres de l'Académie, soit titulaires, soit libres, *sans exception* (*f*), avec des exemplaires du Mémoire sur la conversion des rentes, dont elle avait entendu la lecture le 20 août 1836, et distribuée à beaucoup d'autres personnes.

Le 4 janvier 1839, B. S., en priant M. le secrétaire de l'inscrire comme candidat pour la place de titulaire vacante par le décès de M. Merlin, lui adressa deux exemplaires (un pour lui, l'autre, pour l'Académie) de la même notice, avec des additions manuscrites (*g*) indicatives des opuscules publiés, ou des traductions connues depuis le mois de juin 1837 (*h*), et lui annonça qu'un exemplaire

mois, nous nous livrions souvent à de semblables exercices de notre intelligence, pour déchiffrer en quelque sorte, des phrases, et même des mots de certains ouvrages modernes, qu'un mémoire auquel nous travaillons pour l'Académie, nous oblige de parcourir. L'axiome célèbre de Rivarol , *ce qui n'est pas clair n'est pas français*, serait-il donc tombé tout-à-fait en oubli ?...

(*f*) Pas même pour ceux qui depuis long-temps n'avaient pas pu assister aux assemblées.

(*g*) La réception de cette notice , ou des titres de B. S. , est constatée par le procès-verbal de la séance du 5 janvier.

(*h*) Par exemple, une traduction en 3 volumes, du Cours de procédure, publiée à Naples, en 1826, et dont M. Aimé Champollion venait d'apporter (5 novembre 1838) un exemplaire à B. S.

semblable serait remis à *tous* les membres de l'Académie (cela fut fait dans le courant du mois).

Il faut observer qu'il avait également envoyé à *tous* les académiciens (titulaires ou libres), un exemplaire de chacun des opuscules publiés depuis 1836, soit indiqués dans la notice imprimée, comme des Recherches sur la législation criminelle et de police, au moyen âge, en Dauphiné ; un Mémoire sur le remboursement des rentes et sur l'indemnité due aux rentiers du xvie siècle ; des Recherches sur la législation et l'histoire des Barbiers-Chirurgiens..., soit postérieurs à la notice, comme un Mémoire sur la vente du mobilier des mineurs ; une seconde édition de Recherches sur la publication des lois ; un supplément au Récit des désordres qui accompagnèrent l'occupation de Grenoble en 1562, par les protestans ; des Réflexions et recherches sur le serment judiciaire ; un Discours sur l'enseignement du droit en France, avant et depuis la création des écoles actuelles... Opuscules distribués aussi à beaucoup d'autres personnes, et notamment au directeur de la Revue.

9. Losque l'Académie eut invité, le 4 janvier 1840, la section de législation à prése nter des candidats pour la place du duc de Bassano, B. S. envoya à *chacun* de ses membres et à *chacun* de ceux du bureau (MM. les président, vice-président et secrétaire de l'Académie) une notice semblable à la précédente et complétée encore par des additions manuscrites indicatives des opuscules qui avaient paru, ou des traductions qui avaient été connues depuis le 4 janvier 1839 (*i*), savoir : en premier lieu, de deux éditions

----

(*i*) Par exemple, une traduction du Cours de droit criminel, faite à Palerme, en 1824, en deux volumes in–8, et dont M. Paul Renouard, imprimeur, avait apporté de Naples, un exemplaire, au milieu du mois d'août 1839.

nouvelles d'Observations sur les citations des auteurs profanes et surtout d'Homère dans les lois romaines, et d'une Histoire de l'ancienne université de Grenoble ; en deuxième lieu, d'un Examen historique du tableau de Gérard, représentant l'entrée de Henri IV à Paris, avec des recherches sur cet évènement mémorable ; en troisième lieu, d'un Discours prononcé aux obsèques de M. Métral, homme de lettres, suivi de remarques sur sa vie et sur ses ouvrages (*j*)... Opuscules également distribués comme ceux dont on a déjà parlé, pages 29 et 30.

10. Cette distribution étant impossible pour les traductions, il envoya un exemplaire de chacune de celles qu'il s'était pu procurer, à la section de législation, le 11 janvier 1840, au moment où elle allait se rassembler pour la présentation .. Ces exemplaires, formant une dizaine de volumes, sont restés *déposés publiquement* au secrétariat de l'institut, jusque après l'élection de B. S. (*k*)

Comme il était également impossible de compléter les copies d'additions à la notice, pour tous les membres de l'Académie, B. S. fit imprimer une Indication sommaire de ses principaux ouvrages, où il mit ces additions avec des renvois à la Notice, pour l'indication détaillée des titres, des dates, villes, libraires, etc., des opuscules, traductions,

(*j*) Il y indiqua aussi, comme étant alors sous presse, une Notice sur la vie et les ouvrages de Julius Pacius à Beriga, célèbre jurisconsulte et philosophe des xvie et xviie siècles, lue à la société royale des antiquaires, le 9 novembre 1839 (elle vient de paraître dans le dernier cahier de la *Revue étrangère*, de M. Fœlix).

(*k*) Il lui manque encore une traduction du Cours de procédure, faite à Palerme en 1823 (4 vol. in-8), et dont M. Romanazzi, de Putignano (terre de Bari), lui a annoncé l'envoi par une lettre du 1er janvier 1840.

eontrefaçons... Voici le texte de cette Indication, remise le 16 et le 17 janvier, à *chacun* des académiciens, soit titulaires, soit libres.

« I. Cours de procédure, 2 vol. grand in-8, de près de 900 pages, avec des notes plus étendues que le texte. Ce cours a eu *six éditions* (1), *trois contrefaçons* (2) et *trois traductions* en italien, dont une à Palerme, et deux à (3) Naples (ponr les *éditions* des n. I et II, v. note *E*, p. 39). »

« II. Cours de droit criminel, grand in-8, avec notes comme au n° I. Ce cours a eu *quatre éditions* (4), *deux contrefaçons* (5) et *trois traductions*, dont deux en italien (l'une, à Naples, l'autre, à Palerme), et la troisième, en allemand (6). »

« III. Histoire du droit romain, suivie d'une histoire de Cujas, gros in-8... l'Histoire du droit a eu *deux éditions* (7), *une contrefaçon* (8) et *une traduction* en italien, à Naples (9)... L'Histoire de Cujas a été *contrefaite* en Belgique et *traduite* en allemand, à Leipsick (10). »

« IV. Opuscules divers (11)... Plusieurs de ces opuscules (*l*) ont eu *deux éditions* (12), et l'un d'eux a été *traduit* (13) en italien (*m*).. »

Nous prions encore le lecteur d'examiner si c'est là une *manière* d'agir *sourde et couverte*.

(*l*) Douze, sans compter l'opuscule dont il va être question dans la note suivante.

(*m*) Les chiffres intercalés dans ces n°ˢ I à IV, sont des renvois aux notes de l'Indication, qu'il est inutile de reproduire ici. B. S. citera toutefois ces deux lignes de la note 13 : « Les Recherches sur le serment « viennent aussi (novembre 1839) d'être réimprimées à Bruxelles dans « les Archives de droit et de législation, tome ij, pag. 243 et suiv. », parce que, au moment où il avait terminé les présentes Observa-

11. Il est juste toutefois de l'observer : aussitôt après la présentation des candidats, faite par la section le 11 janvier, et où B. S. reçut l'honneur d'être placé en tête de la liste (*n*), divers journaux la critiquèrent. Quelques-uns

tions, cette réimpression ne lui était pas connue, et qu'il a voulu depuis, les lire à l'Académie, sans y rien changer.

B. S. ajoutera encore cette circonstance. A l'instant même où deux excellens amis, M. Turpin, de l'Académie des sciences, et M. Lakanal, venaient de lui annoncer sa nomination (25 janvier), il reçut une lettre, datée de Munich, le 20 janvier, par laquelle M. de Wendt, conseiller intime du roi de Bavière et ancien professeur et vice-chancelier à Erlangen, le renvoyait pour l'annonce de la traduction allemande du Cours de procédure (B. S. ne la connaissait que par une précédente lettre de M. de Wendt), à un article de la Gazette universelle d'Augsbourg (*Allgemein Zeitung*), du 14 janvier, où l'on fait l'éloge de ses divers travaux, et que M. Fœlix, directeur de la *Revue étrangère*, lui a ensuite communiqué.

(*n*) Les membres de la section, savoir, M. le comte Siméon, ancien premier président de la Cour des comptes, M. le comte Portalis, premier président de la Cour de cassation, M. Daunou, archiviste du royaume, et M. Bérenger, conseiller de cassation, pairs de France, et M. Dupin aîné, député et procureur général à la Cour de cassation, étaient tous présens.

Leur séance, nous a-t-on assuré, s'ouvrit par une discussion sur les titres des cinq candidats inscrits, à la suite de laquelle on arrêta, 1° d'en choisir trois ; 2° de faire un 1er scrutin pour ce choix ; 3° de faire un 2e scrutin pour déterminer le rang de présentation des trois candidats auxquels le 1er scrutin aurait été favorable.

L'un et l'autre de ces deux scrutins le furent à B. S. (il obtint même l'unanimité des suffrages, au moins à l'un des scrutins).

Ce récit est d'ailleurs, en partie confirmé par le procès-verbal de la séance (11 janvier) où M. le comte Siméon rendit compte à l'Académie, du résultat de ces opérations. « Il désigne, y est-il dit, en indiquant

même ne se bornèrent pas à énoncer leur préférence, à coup sûr peu étonnante, pour les candidats placés après B. S.; ils essayèrent de discréditer celui-ci, en réduisant tous ses titres à-peu-près à la connaissance de la chicane, aux études suffisantes pour un avoué; il serait, selon eux, à l'Académie, le *représentant de la procédure (o)*; comme s'il n'eût

« les motifs de préférence de la section, comme premier candidat, M..., « comme deuxième, M..., comme troisième, M... »

(o) L'un d'eux a répété après la nomination et avec des embellissemens, cette bonne plaisanterie. « L'Institut, dit-il, avait besoin de se « recruter parmi les *grandes* notabilités de la science... La cinquième « section vient d'y faire entrer une notabilité de procédure. »

Ainsi, le nouvel élu est une *simple* notabilité de procédure!.. et comme la procédure, d'après l'article, n'est pas une science, cet élu est assimilé, tout au plus, à un avoué expérimenté, qui se serait formé à sa profession, par la seule pratique!..

Les sociétés savantes et littéraires de France se contentent peut-être pour *chefs-d'œuvre* de leurs candidats, de modèles d'actes curieux, comme de *lettres-royaux*, de *saisie-brandon*..., ou peut-être aussi, ont-elles une affection particulière pour les praticiens pur-sang, car, 1° B. S., depuis nombre d'années, appartient à plusieurs d'entre elles (société des sciences et des arts, de Grenoble; académie des sciences, arts et belles-lettres, de Dijon; société académique des sciences, de Paris; société royale des antiquaires de France; société des antiquaires de Normandie, séant à Caen; société des sciences morales, des lettres et des arts, de Seine-et-Oise, séant à Versailles)... et 2°, dans celles dont il a été, ou dont il est titulaire (sociétés de Grenoble et des Antiquaires de France), on l'a appelé successivement, et par élection, à tous leurs postes honorifiques, savoir à ceux de président, de vice-président, de secrétaire, de secrétaire-adjoint, de trésorier, d'archiviste, et de membre de commissions générales ou spéciales.

Le titre de membre d'une société du même genre, a sans doute de l'importance, puisqu'il a été et qu'il est encore sollicité par des aspirans à l'Institut; néanmoins B. S. ne s'en est glorifié, ni dans les Notices indi-

jamais pensé à autre chose ! comme si, à l'exemple d'un assez grand nombre de fonctionnaires, de divers genres, il ne se fût jamais occupé que de la science à laquelle il est voué spécialement !... et même s'en fût moins occupé, car le droit criminel, dont ces journaux ne parlent pas, est aussi une partie de son enseignement !

Plusieurs des amis de B. S. voulaient qu'il répondît. Il s'y refusa. Quelques-uns insistèrent, lui montrant des articles signés d'eux seuls, entre autres un article où, après avoir reproduit les diverses observations, objections ou assertions, on les discutait, réfutait ou *démentait...* Il les conjura de ne rien publier. Il leur dit ce qu'il écrivit aussi à un savant magistrat, qui ne borne pas non plus ses travaux à la procédure, M. T., député et l'un des membres les plus distingués de la société royale des antiquaires : Il y a environ quarante-cinq ans que je devins homme public : je pris dès-lors la résolution de ne jamais répondre à des censures que par ma conduite (*p*).

L'auteur du second article de la Revue ignorait sans doute cette résolution ; et le silence de B. S., lors des attaques des journaux, aura pu lui paraître, surtout étant dominé par la conviction de supériorité déjà indiquée (n° 3 et 4, pages 25 à 27), une *manière sourde et couverte* de préparer le *résultat* d'une élection (*r*).

quées plus haut, ni dans les intitulés des divers opuscules distribués aux membres de l'Académie des sciences morales... Autre manière *sourde et couverte* de préparer le *résultat* d'une élection.

(*p*) La même ligne de conduite, nous l'avons appris depuis, a été suivie par un des membres du conseil d'état et de la chambre des pairs, les plus estimés, M. le comte B.

(*r*) Ce qui donne beaucoup de poids à notre conjecture, c'est que le rédacteur paraît considérer comme un tort, le silence gardé sur une

12. Ce silence aurait même encore été gardé dans cette occasion, si indépendamment de la nécessité d'expliquer pourquoi les Observations sur les Remarques de M. Spaccapietra ne paraissaient point dans le recueil auquel elles devaient appartenir, B. S. eût été seul critiqué dans l'article cité plus haut ; mais on y attaque aussi l'Académie elle-même, ou au moins la majorité de l'Académie et la section présentatrice, à qui B. S. a tant d'obligations (*s*)... En effet, d'une part, on y cite comme motifs bien suffisans de consolation pour le candidat non élu, les suffrages de plusieurs membres qu'on dit, en les désignant, avoir voté pour lui, ce qui est une censure indirecte de ceux dont le suffrage a été donné à B. S , et l'on ajoute : « Que le résultat de l'élec-

critique. En rapportant en effet, il y a plusieurs années, deux articles fort étendus, où un savant professeur faisait une critique raisonnée, mais trop sévère suivant le rédacteur, de divers ouvrages jouissant d'une grande réputation, le rédacteur observa que l'auteur de ces ouvrages, loin de suivre l'exemple de tel jurisconsulte qui avait déclaré ne pas vouloir répondre à des critiques, réfuterait celle-là ; si elle lui paraissait peu fondée (nous n'induirons point du silence où s'est ensuite renfermé le même auteur, que cette critique ne lui ait pas semblé trop sévère, puisque dans notre opinion, bien ou mal *fondée*, il pouvait se dispenser de répondre).

(*s*) Quelques jours après la nomination, un des amis cités, p. 35, alinéa 1er, insista sur ce point, ajoutant que si B. S. persistait à garder le silence, il publierait dans un journal quotidien, et avec un *supplément*, l'article indiqué au même alinéa... B. S. a cédé et dû céder à de telles instances, mais sous la condition de n'être plus désormais pressé de sortir de cette obscurité dans laquelle il se plaît, et qui convient d'ailleurs à un homme d'*un esprit médiocre et surtout stationnaire*, à un homme d'*une intelligence bornée, sauf pour les finesses des actes de chicane*, qualifications dont des journaux venaient de le gratifier, avec l'accompagnement ordinaire d'éloges *soignés* d'autres esprits ou intelligences.

« tion ne contribuera point à augmenter la splendeur de la
« cinquième section de l'institut » (l'Académie des sciences
morales et politiques).

13. B. S. ne cherchera point à fortifier en quelque sorte
le suffrage de la majorité de l'Académie, en citant, soit des
félicitations nombreuses, reçues même par écrit, de personnes recommandables par leurs ouvrages, leur position
sociale et leurs services... soit des déclarations formelles à
lui faites par plusieurs académiciens de la minorité, qu'ils
le voyaient entrer avec un très grand plaisir (*t*) dans leur
corps (ils n'auraient certainement pas eu grand plaisir s'ils
avaient pensé que « la splendeur de ce corps pût être dimi-
« nuée par l'élection de B. S. »)... ce même suffrage n'a besoin d'aucun appui.

Ce n'est donc pas dans le but de lui en fournir, que B. S. rap-
pellera les applaudissemens unanimes, et réitérés avec force,
à trois reprises différentes, dont ses auditeurs le saluèrent
lors de la première leçon (28 janvier) faite après son élection (*u*); c'est uniquement pour se justifier d'un tort que

---

(*t*) Il pourrait citer, entre autres, un des membres les plus distingués de l'Institut et de la chambre des Députés, appelé depuis peu, à un
poste des plus éminens.

Il aurait pu également citer une délibération de la société royale des
antiquaires de France, d'après laquelle on a mentionné honorablement
sur ses registres (lettre de M. Allou, ancien président, du 30 janvier
1840), la promotion de B. S... Mais des *antiquaires !* se serait-on écrié?
Ce mot ne rime-t-il pas avec *stationnaires?*

(*u*) A son retour d'un petit voyage, un des amis, déjà cités (p. 35),
fut informé par hasard, de ces applaudissemens. Ils lui fournirent un
sujet de querelle. Comment, vint-il dire à B. S., lorsque tant de personnes imaginent ou supposent et publient, sans le moindre scrupule,
des faits qui leur sont avantageux, ne vous êtes - vous pas empressé d'annoncer dans quelque gazette, celui-ci, dont des centaines d'individus ont

lui a encore fait imputer un malencontreux silence... Plusieurs d'entre eux se sont étonnés (on le lui a dit depuis), qu'il ne les eût point remerciés d'un témoignage si flatteur ; il saisit l'occasion actuelle pour leur protester que son silence ne doit point être attribué à de l'indifférence ; bien loin de là : B. S. fut si profondément ému et touché de cette approbation inattendue, qu'il ne put jamais trouver un mot pour l'exprimer aux auditeurs.

(C). *Note renvoyée de page* 18.

Les contradictions, y disons-nous, entre les arrêts rendus en France après une cassation pour irrégularité des procédures, ne sont pas fréquentes... On peut en effet l'assurer, puisque le total des arrêts d'assises, cassés soit pour irrégularités, soit pour d'autres causes, forme à peine le neuvième des arrêts attaqués (*v*). Nous en avons toutefois recueilli

été témoins, et auquel ils ont participé, bien que pas un seul peut-être d'entre eux ne soit rangé parmi les *esprits stationnaires ?*... ou parmi les partisans, soit des *esprits médiocres*, soit des *intelligences bornées ?*... Que voulez-vous, répondit B. S. ; c'est ma manière..., une *manière sourde et couverte* de me *préparer* de la réputation. Du moins est-elle économique. Vous le savez en effet : il est assez difficile de se procurer sans frais, par votre voie chérie, le plaisir de dire du bien de soi, et même, assure-t-on, le plaisir, si toutefois il y a des personnes assez malheureusement nées pour en éprouver un semblable, le plaisir de dire du mal d'autrui.

(*v*) On indique, dans les États de l'administration de la justice criminelle en France, depuis 1832 (notes mises au bas des états n. 154, de 1833 ; 150, de 1834 ; 153, de 1835 ; 157, de 1836 ; 156, de 1837), le nombre des arrêts attaqués et celui des arrêts annulés. Le nombre total des premiers s'élève, pour cinq ans, à 3525 ; celui des seconds, à 386.

quelques exemples : nous nous bornerons à en citer un dont nous avons eu connaissance pendant l'impression de notre mémoire.

Un arrêt rendu au mois de septembre dernier, condamnait à la peine des parricides, une jeune fille pour avoir empoisonné son père et ses frères ; il fut cassé pour vices de formes.... Le jury de la cour d'assises à laquelle elle avait été renvoyée, vient de l'acquitter de l'accusation (voir Gazette des tribunaux, des 17 et 20 février 1840, p. 380 et 389).

(D) *Note renvoyée de page* 21, mots *remarque attribuée au savant Millin.*

Elle n'est pas en effet dans ses œuvres, mais l'auteur de son éloge, feu M. Dacier, la présenta sur l'attestation de M. C. F. (Champollion-Figeac), rédacteur de l'analise du même éloge, insérée dans la Revue encyclopédique (t. xj , p. 435) et citée par M. Spaccapietra, que telle était réellement l'opinion de Millin, opinion qu'il voulait exprimer dans un ouvrage commencé peu de temps avant sa mort. Nous tenons ce fait de M. C. F. lui-même.

(E) *Note renvoyée de page* 32 , *n. I et II.*

Ce nombre de contrefaçons, de traductions et surtout d'éditions paraît avoir inquiété quelques personnes. Il n'est pas difficile , ont-elles dit, de paraître avoir obtenu l'honneur de plusieurs éditions. Un *débours* de cinq ou six francs pour un changement des frontispices et des dates, suffit.

Pour les rassurer, car, loin de contredire leur assertion B. S. pourrait facilement l'appuyer d'exemples, il les invitera à jeter un coup-d'œil sur les préfaces des dernières éditions de ses Cours, où les dates et les nombres de pages des précédentes sont indiquées, et où elles verront qu'à chaque édition, il y a eu des augmentations considérables.

D'autres personnes ont d'abord été embarrassées pour concilier l'imputation faite à B. S. par un journal « de lais- « ser dormir ses idées dans sa tête, comme des mots dans un « dictionnaire », avec la publication du grand nombre de mémoires (plus de quarante, outre les ouvrages en un ou plusieurs volumes) désignés dans ses Notices. Une courte réflexion les a bientôt tirées d'affaire. Le reproche du journal, ont-elles pensé, est évidemment une sanglante ironie. Un homme à *esprit médiocre* et *stationnaire*, et à *intelligence bornée*, ne saurait concevoir, même en germe, les idées palpitantes, ou progressantes, ou transcendantes, les seules dont il ait pu être question dans le journal.